JN059621

歌集

天河庭園の夜

Amanogawateien-no-Yoru

Yasuki Fukushima
福島泰樹

皓星社

天河庭園の夜＊目次

Ⅳ

使用図版＝ボッティチェリ「春」より
装幀＝間村俊一

I

天河庭園の夜

「ＩＦ」同人岡井隆へ

歳月は蜜であったろ厳かな罰であったよ　雲ながれゆく

1

一九七五年十二月、塚本邦雄宅から豊橋へ向かう

鳥打帽、トレンチコート、革鞄デビッド・ジャンセン逃亡の歌

地下道に灯る赤提灯、あすこにしよう
六年振りの再会、いざ盃を聴けり西行その他のこと

東海道在住の歌人に呼びかけ同人誌を出そう
浜松の村木道彦、豊橋や沼津食わずのあと誰にする

福島君、同人誌名は「ＩＦ」にしよう

「ＩＦ」は、「異府」「異父」とも書くさ「異婦」はどうDr.Ryuの顔赤らみにけり

雨の三島駅、Dr.Ryu氏を車で迎えに行く

サマージャケット白い鳥打「女じゃろ」　洒落た身なりの男と思う

後部座席は、清水昶と田村雅之

俺たちはいまだに青く飛ぶ羽と飛ばない羽と交叉していた

治承四年十月、黄瀬川の陣

濁流が渦巻き濫(みだ)る黄瀬川の　煙る驟雨に白旗見えず

愛鷹山麓柳沢の小庵、「ＩＦ」編集会議

やまあいの村を横切り流れゆく川の岸辺にプレハブは立つ

豪雨の中、合羽を纏った村人が飛び込んでくる

さながらに此処が天河庭園でありたるよ特急「あずさ」は発たず

決壊寸前の報に……

激流の白い飛沫を浴びながら土嚢を積んだ、君らを残し

バリケード・スト突入前夜の昂奮が体を走った

青竹を斬っては荒縄に結びつけ川に流した岸護るため

困った、患者がぼくを待っている

プレハブの書斎のめぐり水は満ち悲痛な声の耳朶より去らず

洪水の危機、此処が……

天河庭園、厳かに立つプレハブの窓の灯(あかり)の揺らめきやまず

2

歌と論、一体化こそ窮極の調べよ北里病院の朝

一九六二年であったか

医師と歌人詩と批評との相克も「海への手紙」青やかに閉ず

Dr.Ryuと名告りし候よはれやかに時代の病理、メス翳してた

『ペスト』主人公の名も……

反抗的人間不条理アルベール・カミユだったぞ医師隆氏(ドクター・リュウ)は

「白玉書房」鎌田敬止氏と会う

神田神保町の夕さりあわれしろがねの蓬髪風に吹かれておった

あさみどりの函を取り出し『朝狩』の　最後の一冊吾は賜いき

岡井隆「斉唱」寺山修司「血と麦」塚本邦雄「緑色研究」

八雲書林、白玉書房革新の旗を翳して編みし邦雄も

3

わがめぐりに死者、失踪者が相次いだ

小野茂樹葬送の鐘　見上げれば微笑のように雲ながれゆく

岡井隆失踪の報　核としたわが「七〇年代挽歌論」はや

「愛の時代」から「性の時代」へ

戦後死人伝中の一人アイザック・K痩せたペダルを漕いでゆきにき

「やがて暗澹」わが愛しき一九七〇年代を去りゆく言葉

マクロからミクロへ至る転換の　時代を裁くメス捌きはも

一九八三年五月寺山修司、六月高柳重信逝く

満身創痍の帰港、不敵に笑いたり三十一音進水の歌

前衛の旗降ろさずば悲愴なり　船長高柳重信逝けり

「危機歌学の試み」……

痙攣をしておりたるは歌という器にあらずさぶきこの俺

抒情するための叙事とぞ　痺れつつ撓(たわ)め揺らぎて直立ならず

「志操」より「詩想」を選ぶ君もまた歌壇の人となりて時過ぐ

運命はサディスティックになど言うな君居ぬ夜の　三叉路をゆく

月光の坂

月光の坂であったよ自転車の　漕ぎゆく見えて遠ざかりゆく

1

裏切りは薬指より人差へ　五臓六腑を舐めて廻れり

六〇年安保闘争から数えて……

あれからや六十年の歳月が岸上大作ずぶ濡れて立つ

解剖をのぞむと書きし絶筆を揶揄して「土地よ、痛み」とやせむ

青年で死にしは常につややけくありければ君は永遠（とわ）の老年

とはいうものの俺に蜜月ありしかないんげんよりも真っ青な莢

一九七〇年代にさしかかる時の逆旅（げきりょ）を生きし君はも

豊橋に君を訪ねたのは一九七五年歳晩

「逃亡者」デビッド・ジャンセンと重なって医師ゆえコートの襟立てずゆく

同人誌「ＩＦ」を出そうと昂って盃を揚ぐ笑みを忘れず

美しき夫人が延べし柔らかな夜具に包まれ微睡みにけり

君が宿泊した夜、わが村を洪水が襲った

洪水の一夜を明かしさむそうに立っていたっけトレンチコート氏は

洪水の恐怖を書きし清水昶も死んでしもうた飲んだくれてよう

歌集『天河庭園集』の一巻を　ひどく激して纂(あ)みしこの俺

あの頃は楽しかったぞ目に青葉山ほととぎす啼いていたっけ

だがしかし時は移ろい小林をなしていた旗、濃き霧の中

2

侮蔑してしまったことがあったのだ若気というを疾うに過ぎ来て

口惜(くちお)しき思いをされたことだろう三鷹へ帰る夜道歩きつ

あれからは俺を追放(パージ)す　きなすったきなすったなと笑いしからに

思想とは教えてくれよ岡井さん鞣(なめ)した革の輝きですか
さにあらずさにはあらずよ思想とは脆くこぼれる鋼(はがね)の艶よ

天皇を泣きて走れる夜の道の草いきれこそ顕（た）ちくるものを　『眼底紀行』

天皇を泣いて走れば草いきれ　歌いしからに変節ならず

説を替（か）えまた説をかうたのしさのかぎりも知らに冬に入りゆく　『朝狩』

説を替える愉しみ君らは知らぬのかきりきり痛いほどに痺れよ

権力に拉致されることが好きであった蓋しよ甜(あま)く溶けてゆく歌

権力はやわらかければ白粉を髯にまぶして潜(もぐ)りゆくべし

菱川善夫と小笠原賢二を見舞った帰路

激しく思想を問いし男の顚末も過ぎゆけり雨の三鷹を過ぎつ

塚本邦雄菱川善夫小笠原賢二よ君らの純真憶う

暗黒とまぐわうように苦しげに痙攣をしつつ歌いているか

II

オルフェウスの歌

六〇年安保闘争しかすがに敗北の風　吹き荒れていた

一九六二年春、俺たちは出会った

大学ノート、ズボンに差込みどた靴の　桶本欣吾が突っ立っていた

君は私に、ベートーヴェン、ニーチェの嵐を吹き込んだ

ベートーヴェンニーチェの嵐吹き熄まぬ十八歳の君の面はも

戸塚二丁目名曲喫茶「あらえびす」隠し飲むウイスキー墺あわれでないか

交響曲七番第二楽章の葬送　恋に敗れたる身は

「あらえびす」も疾うにない

全学ノ学生諸君ワレワレハ……、束ノ間ニシテ熱キ連帯

貧しかったが明日があったスクラムを組んで歌った若き顔上げ

「月光庵日誌」紐解きおりしかな十月二十二日、日曜

君は、電話口で……

歌うように君は告げにきリンパ性白血病だ血液癌よ

わるいことしてきたからだ神さまがきめたことだよ笑みて応えき

そんなら、俺は……！

「君はまがらず生きてきた」否、桶本よ！　死ぬまで俺を庇うというのか

突如歩けなくなったのだよ立ち竦み　夜更けの帰路の坂道だった

「直ぐに行く」「来ないでくれよ」面やつれた姿を見せたくないというのか

滲みでる悲しみまこと抑えがたく受話器を握り突っ立っていた

早大時代の、昔話をしてやった

涙して座っていたが卓上の『ツァラトゥストラ』かく語らざる

君が見初めた女らはどうしているのだろう余所行きをして口紅ぬって

覚えているか中村陽子　俺があいだに入ってやったぞしどろもどろよ

「桶欣(オケキン)」と君を紹介せしこともらいめいとおき春雷ならん

最後の著作の出版を託された

文芸は措いた実在証明のための哲学、光眩しき

詩は喩ではない燦々と懐かしく降り来るものよ仰ぐほかなし

光眩い実在ならば顔上げよ瞼灼くまで立ち尽くすべし

あれから五十七年……

十指もて数え切れない歳月の　焼場の空は雲ひとつなく

胸骨は焼かれ砕けていくつもの「秘密」秘匿し死んでゆきにき

「見舞いに行く」「来ないでくれよ」電話での遣り取り最後の会話となりぬ

しみじみと泣かんがために逃げて来た許せ桶本　変わらぬ俺を

ワイシャツの腕を捲ってやって来よ桶本欣吾、五月の風か

ワイシャツの腕を捲って立っていた風に吹かれてただ立っていた

遺稿哲学論文集『直知の真理』（深夜叢書社）刊行も間近い

万物の根源ひかりの生るところ「生成場」とぞ君は名づけき

五十七年付き合ってきた、歳月の緩急自在記憶というは

桶本、俺は今日も元気だ　にわか雨に蕩けるように濡れて歩けば

世界は花の

世界は花の血滴（ちしずく）なるか桶本よ、反ウイルスの呪を唱えおる

1

コロナ禍、鶯谷駅下……

「呑兵衛」も扉を閉ざし火点しをなにならん不意に悲しみの湧く

いつもなら五時から男の態をなしうすら笑まいて歩まんものを

湧き出づる思いはいつか厳粛な悲しみとなり坂のぼりゆく

跨線橋に立つ

新幹線過ぎゆく車窓　空席をマスクをつけた一人過ぎゆく

人には会わぬゆえにマスクは付けざるを覆面をして歩いてみたし

2

夜、桶本夫人和江さんから電話

午後になっても夜になっても降り止まぬ雪よと書きしは二十歳の君か

振り向くな黒いオルフェよ　西哲のハインリヒではないか星降れ

西哲は「西洋哲学」科の略よ野郎ばかりのむさいクラスよ

「女子大生亡国論」を語りしは暉峻康隆（てるおかやすたか）先生である

政治的闘争などは日々（にちにち）の　藤原隆義立ち尽くすべし

チャコールグレーのレインコートを纏い立つ初夏の眩いキャンパスなるを

身を護るためのコートであることを知らざればはや六月の雨

一九六四年十月……

見上げれば五輪が空に漂えり野方警察署差入れにゆく

君に頼まれて……

池袋東口駅前大盛堂　売場の女ソーニャならねど

ラスコーリニコフが振り下ろす斧！　狡猾な強欲婆あ条理不条理

高田馬場「道草」新宿「どん底」と真昼の酒をわれら飲みにき

3

濃紺の背広に妖しく身をつつみ夜の紳士となりて彷徨う

一九八〇年一月、掌編小説『迷宮行』（深夜叢書社）を君は刊行

「めくるめく綺想の宴」と讃えしは中井英夫よ五十七歳

新宿御苑前「エイジ」に突如あらわれし齋藤磯雄あわれリラダン

清水弘子も死んでしまったおおらかないつも撓(たわ)わな笑み湛えてた

何処にいる野村昌哉よ　絢爛のエロスの筆を折って幾夜さ

次いで詩集『禍時刻』を刊行

凄まじく堕ちゆく夕陽日輪の　世界は花の血滴（ちしずく）なるか

逢魔が時に擦れ違いいいしはそのかみの平岡公威いまだひ弱な

海面は霧におおわれ海峡をわたる汽船のみあたらなくに

かの夏の桶本欣吾ふりむくな黒いオルフェのような瞳孔

とわの宴

鴨を喰らい酒をしこたま流しこみ臓腑充たしてさて、何処へゆく

1

御徒町、神田、東京、秋葉原、生きさらばえているぞ桶本

病名は急性リンパ性白血病　夏目雅子の涙思いき

福島、人間が叩き直されるには一番辛いことに耐えることなんだ

辛いことに耐えることしかいまの俺には、叩き直され笑ってやるさ

いまだ病苦の友に庇われいるなるか「飲み過ぎるなよ」笑みて言いにき

高度経済成長などは埒外の駘蕩　低く雲流れゆく

夢の中で夢をみていた泣いていた夢の中でもまた泣いていた

横浜ランドマーク「NHK文化センター」

「啄木を追った男」を聴きに来てくれたのだった病院を抜け

横浜関内「鳥伊勢」盃を高々と揚げたのだった若き日々へと

寓喩風存在論的掌篇集『迷宮行』や行方はいかに

『虚無への供物』中井英夫がカプリッチオ「綺想の宴」と君を称えき

一九六二年春

フルトヴェングラー指揮を聴かせてくれたのは十八歳の猛きカナリア

ベートーヴェン生誕二五〇年、　どん底の歌ひくく歌いき

桶本欣吾遺稿哲学論文集『直知の真理』刊行なる

神は在るや神は無しやと問いしかば神は光と天を仰ぎき

西田哲学の泰斗小坂国継は「市井の哲学者」と称えき君を

君に降る雨はいつでも片時雨　左の肩は陽が眩しきを

ひゅうひゅうと吹く風あらば晒さんにおれときさまの土塊ふたつ

III

追憶の川

十一月二十三日、松平修文逝きて三年

輸血ばかりか食事も絶って「死ぬことにしました」という俺を見つめて

君の枕辺に詩集『Ｒｅｒａ』

柳行李六棹分の詩稿はや十一歳の春より書きし

人生に暗い谷間がありしこと沼をみつめることも知りにき

鰓蓋（えらぶた）に通す草の穂ぬぐう血も　食卓で待つ父の客ゆえ

いくら待っても別れたものは帰らない梢に騒ぐ緋連雀とて

遠ざかりゆく友だちの左肩に虹がかかっていたことなども

一九七〇年十一月、愛鷹山麓の村に居住す

霜月二十五　転生を君は信じたのか暁の寺、春の雪降れ

血の色の此の世の春の花びらを掃き集めつつ存(なが)えていよ

川の辺に椿の骸掃き集め火を放ちけり　こころの砦

隣の客にあらねど旅籠にあらざれど飽き足ろうまで柿食ってやる

さりながら俺も日和りて羽田にも佐世保もゆかず古希の夜も去る

美しいおばあさんになったことだろう邯鄲の夢、涙ひかりぬ

伊達得夫・矢牧一宏、擦れ違う　統三延子を繫ぐ者たち

淙々と追憶、漬（ひた）し流れゆく赤い花ならほら曼珠沙華

秋山祐徳太子と二人連れ立ってブリキの川をひた流れゆく

赤いサンダルの歌

此処は港区芝浜通りゆく春を「呑𠮷」で飲んで笑って帰る

「赤い鳥小鳥」歌わば赤い舌小舌であろう嘘まみれなる

底抜けにいい人だった高取英　髪けむらせて莨ふかして

突風に攫(さら)われ飛んでゆきにしを帽子よ君よ、ぼくは追わない

バスタオルを俺は好まず　手拭を絞り股間を拭きつつ思う

「淺草六區」、子供の頃の遊び場だった

東京キネマ倶楽部路地裏佇ち尽す七十六歳怪人ならず

未生以前の俺はいまでも淺草の池の辺(ほとり)をさ迷っている

肩組んで唐十郎と唱いおればお化け煙突、はるか歳月

浅草で迷子になって泣きし午後よワイズミュラー「ターザン」何処（いずこ）

「淺草六區」瓢簞池、昭和八年春

ちゃきちゃきの浅草っ子の母なれば脱げたサンダル拾わず帰る

桃割れの母のかたえに佇っている未生のぼくの坊主頭が

開戦の年に嫁ぎてぼくを生み二十六歳死んでしもうた

ニスは剝げ木肌を濡らし漂える夢のなかなる赤いサンダル

ぱんぱんの語感かなしみいたりしを赤いサンダル池に漂う

アウトローの異才益戸克巳が、下谷區坂本の地に「日東拳闘倶楽部」を創設したのは、ボクシング草創期にあたる昭和三年。拳闘は最もモダンなスポーツで、ピストン堀口、中村金雄、玄海男などの人気ボクサーは、颯爽として銀座を闊歩していた。以来九十一年、池山伊佐巳、バトルホーク風間、石井幸喜ら幾多の名ボクサーを輩出した日東拳が、本日をもって、歴史の幕を下ろしてしまうのだ。思えば三十七歳で入門、以来四十年間を通い続けた。タイトルマッチのセコンドも務めさせてもらった。昼、心静かに最後の練習を済ませた。夕、衣に着替え会長夫妻の遺影に読経。夜、ジムメイトたちと盃を揚げ別れを惜しんだ。「ジムの鏡に映るこの俺老いらくの　殴ってやろう死ぬのはまだか」

二〇一九年九月三十日

把手

山のはも春とはなりてやわらかく木の芽けむりてありますよあなた

永遠の連なりならば生殖はいのちの花よと云いし女は

名も知らぬ川を渡りて旅をゆくににんがしならいちにんも死か

いつのことであったかあれはベネツィアの水辺によりて酒酌んでいた

ぼくだったぼくであったよ舫（もや）いたるなわに縋って泣いていたのは

草むらに朝日が射していたりけり突っ立っている坊主頭が

昭和二十三年候の風景を思い起こせば陽が射すばかり

みな消えてゆく風景なるよ真鍮の把手　寂しく耀(かが)いにけり

目を瞑るためにではないアイマスク俺のこころの闇をみるため

ほしいままにさせはしないさ人は死ぬ炎えさかる指　突き刺してやる

春から、いくつか予定されていた講演やコンサート、公開講座もすべて中止。通い始めたボクシングジムまでもが休業となり、行き場を失った足は、町の散歩へと向かった。旧い建物、路地までもがマンションに姿を変え、幼い頃から目にしていた町の風景は、もはや私の記憶のうちにしかない。

七月になって、吉祥寺「曼荼羅」での月例「短歌絶叫コンサート」が再開された。よしこの冬、没後六十年を迎える岸上大作を一本にしよう、と思い立ったのは、九月の曼荼羅を終えた直後であった。猛ダッシュを開始、一月（ひとつき）で『「恋と革命」の死　岸上大作』（皓星社）三五〇枚を脱稿。ならばこれは、流行病（はやりやまい）で書斎と散歩の他、行き場を失った、足の御蔭ということになるのか。

二〇二〇年十一月三十日

IV

岸上大作の墓

陸軍伍長岸上繁一母まさゑ挟まれて建つ死にながら立つ

みな逝ってしまった黄泉（よみ）や朝焼の耀う彼方　敬礼もせず

1

六〇年安保闘争歳晩を首を縊(わな)きて死んでゆきにき

二〇二一年十二月五日、講演に先立ち墓参

此処は播州姫路郊外福崎の丘に佇む　岸上の墓

「意志表示せまり声なき声を背に」自歌を刻んだ君の墓だよ

安保闘争、失恋死から六十年　首吊り草とう花はなけれど

母まさゑ五十二歳、夫に次ぎ息子の墓を建てし木枯し

思潮社版『岸上大作全集』の　印税をもて建てし墓はも

2

午後、姫路文学館「没後60年記念　岸上大作展」で講演

無花果は「性」の暗喩でありました乳白の汁、熟れたその実も

中学時代の日記に、「民衆」の語があります

民衆の側から常に発語した小さな葦よ　震える葦よ

幼い苦悩に聢(しか)と応えてくれたのは石川啄木　望郷の歌

貧困も家族の不和も帰結するところはすべて「戦争」である

祖父と母との諍いつねに絶えざればあまき異性を求め初めしも

「恋と革命」という根茎はすでに中学の頃に芽生えて成長しゆく

十年前の今日、やはり講演前、墓参したおりのことです

知らざればコートを脱ぎて傍（かたわら）の河原の石の上に投げ置く

いまにして思えばそれは母まさる虐めて死んだ祖父の墓だよ

戦死せし息子の嫁に関係をまさかと思うぬまたばの夢

大作が縊死し七年義父は逝き河原の石を拾い来て置く

義父のための墓は建てない大作の墓の隣に穴掘りしのみ

二度までも掘り返されて埋められて息子の妻を虐めた罰か

「岸上家先祖之墓」を造らぬは死後は離れて暮らしたきゆえ

死後もなお続く確執　河原から運んで置いた、朝の日射すな

3

無花果の葉より零れる滴りの女体というを知らずに死にき

身を穢し女を汚しいさえすれば暁の花　聡明ならず

藁にまみれ母が働き得し金の古本漁るは蕩尽ならず

「僕には」「限りなくソウ明で美しい人が必要だ……」

「聡明」を分銅として愚かにも母を天秤(てんびん)に掛けしばらばら

純潔は償いならず　縄を綯(な)う母は貧しく汗まみれなる

母殺しの君ではないか観念に殉じた若き屍さらす

文学に殉じるといえばさにあらんリアリティーたあ若く死ぬこと

結局は母に回帰してゆく他はなかったことは遺書には書かず

寺山修司は戦争で父を喪い、母にも棄てられました

少年時母を慕って身悶えた母恋地獄を知る身であった

母殺し常習なれど君のように母を棄民し、縊（わな）きて死なず

講演の終わり、絶筆「ぼくのためのノート」を絶叫

強靱な精神力を養ってきたのか縊死の寸前までも

愚かなるあわれ論理の完遂と嘲るな俺、覚えはなきか

生きていたらおそらく風化していただろう安保を詠んだ歌の数々

「真夜中のカーボーイ」よなぜにまたダスティン・ホフマン笑みて消えゆく

絶筆

旗棹はおもく雨吸い六月の　岸上大作首垂れて佇つ

「恋と革命」夢敗れて死んでゆく筋書きならば冷静に書く

1

絶筆「ぼくのためのノート」を書き始める。

歳晩十二月選びし理由(わけ)は六〇年「安保闘争」引き寄せるため

樺美智子の死が呼び寄せた「自己主張」生きてするよりさらに激しく

死者は身をすり抜けてゆく影なるを歌の翼のばさばさ去らず

隣室の灯よ早く消えろ

ガラス一枚へだてて冬の雨の降る向かいの窓の　灯（あかり）よ消えろ

ストーブも炬燵もなければ吐く息で指あたためて書いたのだろう

この四月、……スバラシク聡明な女性があらわれて

地上では叶わなかった関係はそれだけのこと死者になろうと

死者と生者が掏り替わりゆく論理はや人の心に侵入するな

死者に身を転ずることで忘れずにぼくを想って啼け杜鵑

マシン油の沁みた千円札でさえ母を疎まん理由のひとつ
「お母さん！」というのはウソだ

美しく聡明なひとあらわれよ戦争未亡人　母捨てるため

「ソウ明で美しい人」などという観念の秤に母を載せてどうする

母に死顔を見せないで欲しい

ならば聴く母を残してなぜにまた卑怯未練に生くべきが人だ

たおやかなひとりの肩に荷を負わせ死んでゆくのか母を棄民し

汗まみれになって働く母のためコンロに青き火は点さざる

安保闘争に参加し、歌を書き、レーニンを読んだ

「恋と革命」敗れて死んだイメージの鮮烈なれば血と雨の歌

冷静に計画を立て人間の仕組みを縫いて走りゆきにき

戦死した父や「声なきこえを背に」言訳ならん死んでゆく身の

ぼくは、これから服装をととのえ、湯呑に水を注ぐ

二百字詰原稿用紙五十三枚　ノンブルを振る文字は乱れず

「電気を消して真暗闇」で書いたはずの「デタラメだ！」さえ井然として

ぼくの遺骨は誰の胸にだかれて帰省するか

「恋と革命」のための死であれ父戦死、母は貧しく働きしゆえ

飛行機よ、縄よ、下宿よ、卓袱台よ、プロペラもがれ翼さえなく

冥福は祈るな　星よ霧の夜の外灯濡れて瞬くよ、友よ

2

日当たりのいい縁側に微睡むをおめでとう　郵便配達人立つ

昭和十七年十二月父応召

いのち差押えの令状なればハガキ一枚一銭五厘を「赤紙」という

祖国日本の土踏みながらマラリアのため隔離され死んでゆきにき

縁側の安楽椅子に日は射してそこにいた人もう誰もいない

曇り日の秋田を発(た)ちて

――岡井隆第五歌集『天河庭園集』の後先

1

学生会館三階にあった「27号室」で毎週おこなわれる「早稲田短歌会」の歌会で、吉本隆明、花田清輝、塚本邦雄、岡井隆、岸上大作の名を聞かない日はなかった。キャンパスには、六〇年安保闘争の敗北感が漂っていたが、短歌会の部室は、「政治と文学」をめぐって熱く燃えていたのだ。

「渤海のかなた瀕死の白鳥を呼び出しており電話口まで」「にんにく・牛の胃(せんまい)をうる灯が見えてここから俺は身構える、何故(なぜ)?」

研究会用に誰かが刷ったガリ版の岡井の歌(『土地よ、痛みを負え』)を見るのは、夏休みが過ぎてからであった。この時点では私はまだ、安保闘争を歌い、愛誦されることとなる

市民兵に転化してゆく時あらばわれらもい行くことあらば、妻よ

旗は紅き小林なして移れども帰りてをゆかな病むものの辺に
雨脚のしろき炎に包まれて暁のバス発てり　勝ちて還れ
窓ぬぐう車窓の手いまわけて来しデモ隊のどの手より紅しも

などを知らない。白玉書房から刊行された、処女散文集『海への手紙』だけは、いち早く手にしていた。そうか、吉本隆明と激しく論戦を交わした歌人がいたのだ。……学生仲間たちからは、古風なお稽古事としか思われていなかった短歌ではあるが、わが短歌会の部室では、熱い前衛論争が戦われていたのだ。

私が「早稲田短歌会」の部室をノックした一九六二年、岡井は「短歌研究」「短歌」に相次いで「政治」と「文学」、「民衆」と「自身」との関わりをテーマにした

右翼の木そそり立つ見ゆたまきはるわがうちにこそ茂りたつみゆ
群衆を狩れよ　おもうにあかねさす夏野の朝の「群れ」に過ぎざれば

などを発表。この年、岡井三十四歳。

その岡井隆に会う機会が訪れたのは三年後の一九六五年夏、超結社の研究集会「蹄の会」の例会でであった。場所は、市ヶ谷「私学会館」。私の隣には、角張った顔に白いハンチングを載せた、開襟シャツ姿の岡井がいた。五十六年もの歳月を経て、この日の記憶が鮮明なのはなぜか。この日、岡井が提出した歌

天皇を泣きて走れる夜の道の草いきれこそ顕(た)ちくるものを

をいまもって諳誦しているし、学生の私に岡井が、煙草を無心したことまで覚えている。

〈天皇を〉の一首は、『朝狩』(白玉書房、一九六四年刊)に次ぐ第四歌集『眼底紀行』(思潮社、一九六七年刊)では「少年期に関するエスキース」の巻頭に置かれている。年を経て岡井は、この一首に回帰してゆくのだが……。

2

『眼底紀行』が刊行されたのは、一九六七年九月。私は、この集を早稲田グラウンド坂上の哲学思想書専門の「文献堂」で手にしている。

書棚から函を引き寄せて驚いた。黄、橙、桃色の原色織り成すサイケデリックな色調。函の鞘を抜き払うと、これまたうって変わったシンプルな雁垂れ。「目次」の配列といい、これまでの歌集の造りではない。

歌集『眼底紀行』が刊行された翌月、佐藤首相アジア・オセオニア諸国訪問阻止「羽田闘争（京大生山﨑博昭の死）」を契機に、時代は新たな局面を迎えるのである。一九六六年早大闘争に次いで六七年には明大学費闘争、砂川闘争と一敗地にまみれていた学生たちによって一気に、ゲバルトの地平が切り拓かれたのだ。この日を境に、六〇年代後半の擾乱の火蓋は切って落とされたのである。

山﨑博昭の追悼抗議集会は全国に波及していった。以後、成田空港反対闘争、十一月、佐藤首相訪米阻止「第二次羽田闘争」等、騒然として一九六七年は暮れてゆくのである。

一九六八年一月、「律」発行所から、塚本邦雄「羞明　レオナルド・ダ・ヴィンチに献ずる58の射禱」五十八首

ほほゑみに消てはるかなれ霜月の火事のなかなるピアノ一臺

を巻頭に、アンソロジー『律'68――短歌と歌論』が刊行される。塚本の一首は、来たるべき擾乱の時代を予見した。大学の権威の象徴としてあった大講堂に鎮座していたグランドピアノが、学生たちによってやがて、白昼のキャンパスに引き摺りだされるのである。『律'68』は、さながら前衛短歌十数年の総括（と終焉）の様相を呈している。寺山修司は、歌謡＋銅板画からなる実験作「花札伝綺」に載せた「刺青（いれずみ）の菖蒲（しやうぶ）の花へ水差にゆくや悲しき童貞童子（どうていどうじ）」の一首を残し、歌の別れをしてしまうのだ。岡井隆はどうか。

『眼底紀行』刊行と、時を置かずして書き上げた「――六〇年の暮自死した詩人アイザック・Kに」の副題をもつ、詩文と短歌からなる屈折した大作「〈時〉の峡間にて」を発表。「アイザック・K」は、六〇年安保の暮れ、自殺した学生歌人岸上大作……。
「〈時〉の峡間」、そう、時代はまさに、一九六〇年と七〇年との断層。「〈時〉の峡間」に差し掛かったのである。苦渋する文体、和歌と詩との鬩(せめ)ぎ合い。まさに「朝狩りの終り。重い詩篇と軽いいら立ちが協奏するアンダンテのなかで弓　大きく反(そ)る」のである。

父よ父よ世界が見えぬさ庭なる花くきやかに見ゆという午(ひる)を

岡井隆の六〇年代後半への、「〈時〉の峡間」への旅立ちは告げられたのである。それは同時に「危機歌学の試み」への旅立ちであった。

3

一九六八年の幕開けは、米原子力空母「エンタープライズ」佐世保入港であった。無党派学生、反戦労働者、多数の市民が入港阻止闘争に参加。激しい闘争を展開、逮捕、負傷者続出。ベトナム戦争は終息の気配すらなく日本の基地から飛び立った米戦闘機B52が、ベトナムにナパーム弾の雨を降らせ、農民を主体とした成田新国際空港建設反対闘争も激しさを増し、沖縄では嘉手納基地闘争。十月、国際反戦デーでは、反日共系全学連が、群衆と共に新宿駅を占拠、七三四人逮捕。十一月、反安保沖縄闘争のデモ隊、首相官邸突入をはかり四〇〇人逮捕。十二月、東大入試中止を決定。全国大学の多くはバリケード・スト突入……。

この年、岡井隆……。国文学者・松田修の呼びかけ（『証言　佐世保'68・1・21』解説・高橋和巳）に応えて「市民と月光」七首。「もしそれも暴力と呼び得るならば月射せよいとふかき水まで」。総じてこの年の作品は、低調である。だが、「詩と批評」五月号発表の「高原からの手紙」

五首に、やがて『岡井隆歌集』に未刊のまま収録される第五歌集『天河庭園集』中の絶唱

飛ぶ雪の碓氷をすぎて昏みゆくいま紛れなき男のこころ

の一首がある。しかし、残念ながら六〇年代後半という時代の気分（決意）を最もよく伝えるこの歌に、私が出会うのは、『岡井隆歌集』が刊行された一九七二年六月以降のことであるのだ。ついでながら、五首発表時、五首の掉尾に置かれたこの作の前の一首は

喘ぎいし雪の明りのくちびるはなに食み居らむこの夕まぐれ

の一首で、「いま紛れなき男のこころ」と対をなす相聞で、失踪に到る岡井隆その人の私状況をよく歌い得ている。日本中が烈しく震撼したこの年、岡井隆は、おそろしく寡作で発表歌はわずか六十五首。

「早稲田短歌会」の後輩、三枝昂之の卒業を待って同人誌「反措定」刊行の準備を終えて修業先の大阪枚方へ旅立って行った一九六八年春のことなどが、懐かしく想い出される。大阪東南風荘のお宅に、初めて塚本邦雄を訪ねたのは六月になってからであった。この時代の私の愛誦歌は、歌集『綠色研究』（一九六五年刊）以後の塚本邦雄のこれらであった。

暗殺の豫感眞靑（まさを）ににほひ來と歌へはらわたのかたちのホルン
一人（いちにん）の刺客を措きてえらぶべき愛なくば　水の底の椿
ほほゑみに肖てはるかなれ霜月の火事のなかなるピアノ一臺

「短歌が時代に対して、これほどまでにリアリティーを獲得したことがかつてあっただろうか」と二十五、六の私は書き散らかしている。
そして、東大安田講堂攻防戦をもって一九六九年の幕は切って落とされるのである。

4

岡井隆が、ついに「東京をはなれ、家をはなれ、一切の現世の地位と仕事からおさらば」（『岡井隆全歌集Ⅱ』別冊）に到る経緯もふくめて、一九六九年の岡井の作を引く。この年の発表作は、九十九首。前年初冬、病を得入院。

よろこびと苦痛がむつみ合わむため昼は昼とてさ走りいそぐ

さびしげに一箇むらさき心臓を左に吊りて群れて唄える

近くきて降るかや今日（きょう）の死者のためひねもすの雪織り交す白

一箇の運命としてあらわれし新樹を避くる手段（てだて）ありしや

女（おみな）ひとり声あまゆるをもてあまし汗ばまむまでくぐもりわたる

天ノ河庭園とよぶふかき灘一夜々々（ひとよひとよ）に冴えまさるべく

政治的集団の居る北口を愛にみだれて過ぐと知らゆな
かの駅になおあいせめぐ軍団に君ありとせばしだかれて立つ
いかずちのわたれるしたの宿駅の鉄路岐れて行くこころざし

二首目「心臓」の歌、今回読み返して感心した。四首目、「新樹」は、何かの譬喩であり、女の名であるとは、むかしは気付かなかった。ぬきさしならぬ性愛の涯(はたて)学生デモを背景に、決断が迫られてくる。「政治的集団の居る北口を愛にみだれて過ぐと知らゆな」……。ずばり、である。この直截性も、岡井短歌の魅力の一つ。「かの駅の……」「いかずちの……」と、一九六〇年代後半も大詰にさしかかってきたのである。

九月、京大時計塔死守、日大奪還闘争（三三五人逮捕）。十月、新左翼各派統一行動（全国で一五〇五人逮捕）、国際反戦デー全国各地で集会とデモ（一五〇五人逮捕）。十一月五日、赤軍派軍事訓練（山梨県大菩薩峠で五三人逮捕）。かくして、「七〇年反安保闘争」は、七〇年を待たずして総決戦の時を迎えたのである。

十一月、佐藤・ニクソン会談を阻止すべく「首相訪米阻止闘争」が激しく展開される。十六日、東京蒲田・品川・東京駅付近でゲリラ戦、二〇九三人が逮捕。十七日、学生、蒲田付近で機動隊と衝突、一九四〇人が逮捕される。二十一日、佐藤・ニクソン会談終了。日米安保条約堅持、七二年沖縄返還を声明。学生機動隊双方の負傷者は逮捕者の数倍に及んだ。ジュラルミンの楯を前面に棍棒。催涙銃を低く構える重装備の機動隊に、学生たちは角材、投石、火炎瓶で立ち向かった。

テレビの画面には連日、催涙弾の発射音、炸裂する火炎瓶、市街戦さながらの激突場面が音響と共にリアルに放映された。七〇年反安保闘争が最大の山場を迎えた一九六九年十一月、岡井は、アンソロジー『現代短歌'70』（現代短歌編集委員会）に、「倫理的小品集」と題し、「毎日新聞」発表の五首をふくむ四十九首を発表。

苦しみて坐れるものを捨て置きておのれ飯食(いいは)む飽き足らうまで
予定して闘争をするおろかさの羨(とも)しかれども遠く離(さか)りつ

国家なぞ見事かき消されたる中天で雲と雲とがまじわりて居き
飯食(めし)いて寝れば戦(いくさ)はどこに在る〈俺(おれ)〉と呼ぶ此のこのこごれる脂(あぶら)
此処(ここ)へ来よ此処(ここ)へ　時間に殉(したが)いてうらぎれるだけうら切りながら
声しのび女は泣けどふとくらく遠き未来をわたる雷(いかづち)
共謀して嘘いつわりへさそい込む目をおおわしむる愉し人間
学生は神かと不意におもいつく一握(いちあく)の味噌湯におとしつつ
俺はひとりの男にすぎぬ逃げるなよ金だらいなど持って廊下へ
万事いくさにつながると言い切れるなら生き甲斐(がい)気概は海に訊(たづ)ねよ
機動隊一個小隊ほどの愛この俺だけに通ずる暗喩
曇り日の秋田を発(た)ちて雨迅(はや)き酒田をすぎつこころわななき

これらの歌に出会った衝撃を私は、あの時代いくたびとなく書き連ねてきた。新聞をもつ手が震えたのである。「毎日新聞」には、「苦しみて坐れるものを捨て置きておのれ飯食(いいは)む飽き足らうまで」「飯食いて寝れば戦はどこに在る〈俺〉と呼ぶ此のこごれる脂」「学生は神かと不意におもいつく一握の味噌湯におとしつつ」「俺はひとりの男にすぎぬ逃げるなよ金だらいなど持って廊下へ」の四首に加え、「カムイには女の眼こそ似つかわしけれわれを刺す女の眼こそ」の一首があったことを、五十二年もの歳月を経ていまだ記憶さえしている。

岡井隆は、六〇年安保闘争の「参加」の論理をかなぐり捨てて、短歌をもって実力闘争にひた走る、学生たちの発する詰問に、聢と応じたのである。そして、丼の飯を頬張ってみせるのだ。飯を食い、満足して寝床に入るといった自身の日常を前面に出すことによって、それ（政治）がどうしたとばかり学生たちに対し、ふてぶてしく居直って見せるのである。「凄まじい居直り振り」と、私は書いた。

岡井は、進歩的文化人の多くがそうしたように、学生の暴力を諌めたり、民主主義のルールを振りかざしたりはしなかった。自身の生活を根刮ぎ犠牲にしてまでも、参画などはしないよ。政治ばかりが生活じゃあないさ、朝起きて飯を食う、味噌を煮え滾る鍋に落としながらも、身の全てを棄てて一途に進軍する学生は「神」かとさえ、思ってみせるのである。

冒頭に引いた、「参加」の論理を鮮烈に抒情した六〇年安保闘争時の、作品と、比べてみればよい。抒情、そう抒情のはいりこむ余地のないまでに自身を追い込んでいる。突進をやめない学生の前に、医師という職場と道ならぬ愛を抱えた男が、無様に立ち尽くしているのである。だが、時をおいて選びの道は、決せられた。踠(もが)き抗った末に、むんずとばかりに見得を切ってみせる、こう抒情してみせるのである。

曇り日の秋田を発(た)ちて雨迅(はや)き酒田をすぎつこころわななき

この一首は、小品中のわが愛唱歌で、旅の途次など思い出しては口にする。こんな一文をノートに記したことがあった。「象潟を過ぎるころから雨が降り出した。雨脚は迅く、車窓を濡らし、酒田を過ぎる頃には、情感は戦慄(わななく)くほどに昂揚している。」

とまれ、「壮烈な解体」ぶりと当時、私は何かに書き、「倫理的小品集」こそは、六〇年安保敗北の秋に編まれた歌集『土地よ、痛みを負え』以降、自ら切り拓いてきた六〇年代短歌そのものへの、鋭い問い返し(NON!)であった。岡井隆は、みずから切り拓いてきた前衛短歌に、みずからピリオッドを打ったのであると、結んだ。

再び言おう。「曇り日の……」が発表されたのは、政治的嵐が吹き荒れる一九六九年十一月。七〇年反安保闘争に結集する新左翼各党派は、総決起を呼びかけ、首都は騒乱状態にあった。岡井隆この時四十一歳。第一歌集『バリケード・一九六六年二月』を刊行したばかりの私は二十六歳だった。「曇り日の秋田」から「雨迅き酒田」へ、欝から躁状態へ、時代は転換したかに見えた。私を歌うことが、状況を歌うことに繋がる、そんな時代も終わろうとしていたのである。

「倫理的小品集」掉尾の作をあげよう。

あけぼのの星を言葉にさしかえて唱(うた)うも今日をかぎりとやせむ

これらの作品が書かれたのは、高橋和巳が京大闘争の渦中に身を置いて「わが解体」に喘いでいる時期でもあった。そして、迎えた一九七〇年。岡井は、予兆に満ちたこれらの歌を、矢継ぎ早に発表してゆくのである。

泥ふたたび水のおもてに和ぐころを迷うなよわが特急あずさ
ひきかえす小路の暑さ耳ばたのなんたる大声の夏雲雀めが
ぐにゃぐにゃに縒れるこころをようやくにはがねにかえしあいて来にけり
以上簡潔に手ばやく叙し終りうすむらさきを祀る夕ぐれ

5

一九七〇年三月、私の第一歌集『バリケード・一九六六年二月』の出版記念会の席上、私は初めて自作を朗読した。反応はさまざまだったが、帰りしな「今日は来てよかった。君の朗読を聴くことができた」と肩を叩いてくれたのは岡井隆であった。この夜、スピーチをしてくれた小野茂樹の微笑が忘れられない。

それから二ヶ月後の五月七日夜半、小野茂樹が帰宅途中交通事故で死去したのだ。報せを聞いて駆け付けた。勤務先の北里病院から直行したのだろう。濃い緑のジャンパー姿の岡井が吐き捨てるように言った。「いい歌人は皆、早死にしてしまう。相良宏、岸上大作、坂田博義、そして今度は小野茂樹だ」。翌日、品川の寺でおこなわれた葬式の帰りしな、短歌の朗読会の約束をして別れた。その人が、二ヶ月後には、「曙の星を言葉にさしかえて唱(うた)うも今日をかぎりとやせむ」(「曙の」と改作)の一首を『岡井隆歌集』の中に、暴力的に押し込んで、私たちの前から姿を消してしまうのである。一九七〇年代の幕開けであった。

ゆくものは、みないってしまったという想いはつよく、私もまた東京を離れ、沼津市郊外愛鷹山麓の村落の一人となるのである。以後の岡井隆の動向については『岡井隆全歌集Ⅱ』(一九八七年刊)別冊の「自筆年譜」に語ってもらおう。

「七月までに『岡井隆歌集』(思潮社)をまとめ、『戦後アララギ』(短歌新聞社)をまとめ」た。

「半ば遺書のつもりであった」。「七月下旬のある日、〈新樹〉をつれて、東京をはなれ、家をはなれ、一切の現世の地位と仕事からおさらばした。このあとの生活は、九州各地を転々とする」。一九七一年から七四年までは「福岡県立遠賀病院に、内科長医として」勤務。その間、『茂吉の歌　夢あるいはつゆじも抄』『辺境よりの註釈』を刊行。七四年五月「九州を去り」「国立豊橋病院につとめる」。

一九七五年春、季刊文芸誌「磁場」（国文社）に「西行に寄せる断章。他」三十一首を五年ぶりに発表。「海鳴りはうしろから支えて下さいました」に続く序詩がまたいい。相次いで、歌集『鵞卵亭』（六法出版社）を刊行。

原子炉の火ともしごろを魔女ひとり膝に抑へてたのしむわれは
藻類（さうるゐ）のあはきかげりもかなしかるさびしき丘を陰阜とぞ呼ぶ
口中に満ちし乳房もおぼろなる記憶となりて　過ぐれ諫早（いさはや）
しぐれ来てまた晴るる山不機嫌な女とこもるあはれさに似て

曇り日の秋田を発ちて

ひぐらしはいつとしもなく絶えぬれば四五日は〈躁〉やがて暗澹(あんたん)

エロスこそが、私たちの風化をこばむ最後の砦であるかもしれない。これらの歌をふかぶかと暗誦しながら、岡井隆の復帰を自祝していた。「現代歌人文庫」を企画、国文社の編集者田村雅之にもちかけたのもこの頃である。塚本邦雄『日本人霊歌』を書写し、岡井隆『朝狩』を探し求めて、「白玉書房」鎌田敬止を訪ねて歩いた日の記憶が甦ったのであろう。
十二月になって、大阪に塚本邦雄を訪ね、その足で、豊橋に向かった。頂戴した「ヘネシー」を喇叭しながらである。

駅頭には、トレンチコートにハンチング姿の「逃亡者」デビッド・ジャンセンを思わせる岡井さんが出迎えてくれた。小野茂樹の葬送以来五年半振りの再会である。地下道の酒場のカウンターで盃を交わした。話ははずんだ。浜松の村木道彦をいれて東海道の三人で同人誌をやろうということになったのだ。岡井さんが「ＩＦ」と命名した。「異婦」はどうだろう、と私が提言。一瞬、岡井さんの顔が赤らんだ。玄関には、フランソワーズ・アルヌールを彷彿させる夫人が出迎えてくれ、「私どもの家に泊まられるのは、福島さんが初めて」と仰った。

酒がはこばれ料理が出された。私は改まって、塚本邦雄『水葬物語』以後の作品を集めた「現代歌人文庫」刊行の、趣旨を語った。塚本邦雄、岡井隆の賛同なしにはありえない企画であるからだ。諾の返事に上気した私は、人選をふくめた意見を拝聴。相良宏の名に、早世した「未来」同人への友情の厚さを思った。さらに私は、『鶩卵亭』の感動を語り、併せて「倫理的小品集」の時代的意義にふれ、単行歌集『天河庭園集』刊行の夢を語った。

6

一九七〇年七月、岡井隆が失踪を前に纏め終えた『岡井隆歌集』（思潮社、一九七二年六月刊）には、『斉唱』『土地よ、痛みを負え』『朝狩』『眼底紀行』の他に、「O（オー）」及び、「天河庭園集」の二冊の未刊歌集（未刊は〈二〉とした）が収められている。（巻末「書誌的解説とあとがき」によれば、「O（オー）」には、『斉唱』（一九五六年刊）以前の一九四五年十七歳から四七年十九歳までの作一七〇首ほどが収まり、「天河庭園集」には、一九六七年三月より七〇年五月までの作品が収められている。歌集の他には、一九六二年八月二十三日「第一信」から、同年十二月二十七日「最終信」に至る「木曜便り――ハガキ誌による詩型論の試み」及び、「〈時〉の峡間にて」が独立して収められ、「昭和20年著者十七才の秋から、同45年四十二才の夏にいたる二十五年間の作品歴」が「鳥瞰出来る仕掛けになっている」という)。

ならば、なぜに未刊歌集「天河庭園集」を、わざわざタイトルを外し、「四首又は八首一組に再編」し、「ほぼ制作順に」配列（実際はそうではない）し直したのであろうか。これでは、六〇年代後半の、岡井隆という個人史を抱えたその人の、あの時代との拮抗、苦闘の痕跡が浮かび上がってはこない。タイトルを付した連作こそが、最もリアルに自身と外界との状況を浮かび上がらせる、「危機歌学の試み」の最適の方法であったのではないか。

「天河庭園集」一巻が、六〇年安保闘争を軸とした『土地よ、痛みを負え』から、七〇年反安保闘争に至る十年の、とりわけ『眼底紀行』以後の、最も突出した六〇年代後半を、タイトルを外し「1」から、「60」という数字の配列をもって再編集されたのでは、時代の刻々の緊張が伝わってきはしない。時代の進行と共に、岡井を読んできた私には、とうてい納得できるものではなかった。

一九七五年十二月、豊橋で五年半ぶりに再会の機会を得た私は、以上のことを一気に捲し立てたので、あった。

年が明けた一九七六年、「現代歌人文庫」の企画進行と併せ単行歌集『天河庭園集』の編集にとりかかった。しかし、東京を離れていたため、実質的に編集にとりかかるのは、東京に舞い戻った翌七七年六月以後の事であった。

まずは、発表紙誌を集め、「1967」「1968」「1969」「1970」の四章に分類。それをさらに、思潮社版『岡井隆歌集』では、独立して収録されていた「〈時〉の峡間にて」を巻頭に、巻末には「倫理的小品集」四十九首を配した。思潮社「天河庭園集」の巻頭に置かれ有名になった「曙の星を言葉にさしかえて唱(うた)うも今日をかぎりとやせむ」の一首は、実は「倫理的小品集」(『現代短歌'70』)の最後に置かれた一首であったのだ。

出奔への決意を記したこの一首を、歌集掉尾に移し替えて、そうかと思った。岡井隆は、「倫理的小品集」制作時の一九六九年秋にはすでに、「歌の別れ」を決意していたのであったのか。なるほど、番号章立てによる再編集では、それらのことは不問に付される。岡井の狙いは、そこにあったのか。「記憶の均一化」、それとも、アトランダム風に再編集することによって、作品の更なる完成を目指したのか。

ところで標題の、「天河庭園」であるが、どのような場所、何を指してのそれであろうか。もしかしたらそれは、漆黒の闇の天空をのびやかに彩る、しなやかな女体であるのかもしれない。いや、おそらくそうであろう。

7

結局、村木道彦にはそっぽを向かれ、私は清水昶と田村雅之に声をかけた。清水は当代一の詩人で、詩集『少年』は、私の歌集『バリケード・一九六六年二月』と共に、全共闘の学生たちに熱く読まれた。田村は、国文社の編集者で詩人でもある。岡井の復帰となった「西行に寄せる断章。他」を岡井に書かせている。一九七六年六月、「IF」刊行に向けての話し合いが、もたれた。

三島駅で待ち合わせた。岡井さんは、サマージャケットに白いハンチング。途中雨が降り始めた。愛車サニークーペが黄瀬川にさしかかった時、まずいと直感した。濁流が渦を巻いているではないか。起伏の多い街道は、しばしば通行止めになる。愛鷹山の山道を行くしかない。雨雲たちこめた空に稲妻が走る。暗い山道を雨水が瀧のように流れ落ちてゆく。もう、誰も口をきこうとはしない。

川に面したプレハブの書斎を激しく叩いていた雨は嘘のようにやみ、私たちは豊橋名産竹輪を肴に酒を酌み交わし、「IF」の構想を語り始めていた。と、ドアを叩く者がある。私は慌てて席を立った。川はすでに決壊寸前、村の老人や子供はとっくに公民館に避難している。

私たちが詩と文学に花を咲かせている時、水はひたひたと私たちのめぐりに押し寄せていたのである。

車のヘッドライトの光の中、彼らを残し、作業に加わった。手押し車で土嚢を運んだ。青竹を斬り、根を荒縄で結んで川に流した。何本も流した。土崩れを防ぐためだ。激流の白い飛沫を浴びながら土嚢を積んだ。流れてきた丸太が対岸にぶつかり、本堂の戸を破った。私に当たっていれば即死。慌てて私は母屋へ走り、身の回りの始末をした。もう、駄目かも知れない。寺の過去帳を見ると洪水と山津波の絶えない山間の村であった。雨は一段と激しさを増していた……。

思い起こしてそれは、天河庭園の夜！　であった。村は無事であった。夜半、みるみる水は引いていった。川下の土手が決壊したのだ。濁流が一気に田圃に流れ込んだことだろう。避難先から家人はまだ帰っていない。明るい朝の日射しの中、蒲団を敷いて岡井さんを母屋に案内した。こころを鎮め、ぐっすりと休んでもらうため私は、沈香を枕辺に焚いてさしあげた。小用で母屋に立ち寄った清水昶が、それを見て「ヤスキさん、お通夜みたいだね」と、ニヤリとした。

優しさははずかしさかな捲きあがる水の裾から言葉を起こし　『天河庭園集』

8

洪水の夜から数えて一年十ヶ月、単行歌集『天河庭園集』（国文社、一九七八年四月）は刊行されることとなるのである。岡井隆は「あとがき」でこう綴った。

福島泰樹は、この七年間のわたしの辺境棲いの間に、私の仮寓へ来て泊っていった、たった一人の客人である。しかも、したたかに酔って、かなりな発言をやってのけた人物であった。だが、そのおかげで、こんな、あらずもがなの歌書が日の目をみることになった。わたしは、率直に感謝すべきであろうか。どうも、そのように思える。

『眼底紀行』と『鶩卵亭』の間をつなぐ一条の吊橋の渡り具合は、多分に、福島君の手腕に負っていると言ってよかろう。

この後書きが書かれたのは、前年「七月十二日」。遅刊の原因は、どうやら私のみにあったのではなかったようだ。ともあれ、一九七〇年代中葉「第五歌集」として刊行された『鶩卵亭』は、『天河庭園集』に続く第六歌集となり、「第五歌集」の呼称を『天河庭園集』に譲ることになるのである。

それから、二十八年の時を経て思潮社から刊行される『岡井隆全歌集Ⅱ』(二〇〇六年刊)には、第五歌集『天河庭園集』は、『天河庭園集［新編］』として収録されている。そして、全歌集「あとがき」で岡井は、こう書き記した。

「第一に、Ⅰ巻のは、わたし自身の編集したものだが、今度のⅡ巻のそれは、福島泰樹氏が編集した。」「第二に、Ⅰ巻のは、ところどころ改作や再編がしてあるが、福島編集は、ほぼ(完全にそうではないが)雑誌発表の形を復元している。」。したがって、『『天河庭園集』が、わたしの半生の作品の前半のしめくくりであるとすれば、『鷟卵亭』は、後半のはじまりの部分である。」

なるほど、私は新版『天河庭園集』一巻を編むことによって、岡井隆後半の長大な旅立ちの餞としたのである。

長く交流は絶えていたが、訃報に接するや旧懐の情おさえがたく、三十三冊目にあたる本歌集の標題を、『天河庭園の夜』と定め、以て幻と終わった「ＩＦ」同人岡井隆への追悼の辞とした。

歳月は蜜であったろ厳かな罰であったよ　雲ながれゆく

跋

本歌集は、一昨秋刊行の『亡友』に次ぐ第三十三歌集である。歌集名『天河庭園の夜』は、岡井隆第五歌集『天河庭園集』による。三十年の長きにわたり交流は絶えていたのだが、訃報に接するや追懐の情おさえがたく、「月光の坂」(「短歌」二〇二〇年十月)「天河庭園の夜」(「短歌研究」同十一月)の二作品を相次いで発表、哀悼の意とした。

「月光の坂」という標題は、佐佐木幸綱「月光の坂のぼりつめ孤立せし君を行かしめしあやまち深し」(『直立せよ一行の詩』一九七二年刊)からの命名である。小野茂樹の死、岡井隆の失踪をもって一九七〇年代の幕は切って落とされたのである。

本歌集初校が上がった日、はからずも「現代短歌」社より、新版『天河庭園集』編纂に至る経緯を書け、なる依頼を受け、急ぎ「天河庭園の夜」なる一文を書き送った。執筆中、さまざまなことが想い出された。私の第一歌集『バリケード・一九六六年二月』が刊行なるやいち早く、「革命的ロマンチシズムと修辞的ロマンチシズムの関係・序説」(「短歌」一九六九年十二月)なる一文を書いてくれたのは、この人であった。以後の、さまざまな交友の場面が、浮かんでは消えていった。それらのことは、「現代短歌」七月号発表の一文を下敷きに書き上げた、本歌集巻末の一文「曇り日の秋田を発ちて――岡井隆第五歌集『天河庭園集』の後先」をお読みいただきたい。

月光の坂であったよ自転車の　漕ぎゆく見えて遠ざかりゆく

＊

友とは何か。前歌集『亡友』（二〇一九年十月刊）跋で、私はこのように書いた。「友とは、記憶の共有者であり、友の死は、友の記憶に生きている私の死に他ならない」。「Ⅱ」章「オルフェウスの歌」他は、早大文学部「西洋哲学科」の学友、桶本欣吾に献じたものである。出会いは、入学時の一九六二年春。君はいつも、黒いサージのズボンのポケットをノートや文庫本で膨らませ、文学部に通じるスロープを夢見るように闊歩していた。ベートーヴェンやニーチェの嵐を私に吹き込み、戸塚二丁目の名曲喫茶「あらえびす」に誘ったのも君だった。敗走してゆく闘いの中、卒業生を送り留年した私は、桶本の就職先が、そのイメージからおよそほど遠い「電通」と聞き仰天した。

が、君は夢を捨てることはなかった。激務の中を掌篇『迷宮行』、詩集『禍時刻』を刊行。紺のスーツに身を固めた君と新宿三丁目界隈をよく飲み歩いた。詩集跋に君はこう記した。「詩は、喩ではない光眩（まばゆ）い実在の写しであるというそのなし難い想いである」。

定年を迎えるや、ヘルダーリンにうなされた学生時代の君に帰ってゆく。大冊『光から時空へ』『明けゆく次元』と哲学論文集を相次いで刊行。それは、現代物理学の未踏の地をゆく哲学の旅であった。二〇一七年、死病が君を襲った。「急性リンパ性白血病」、血液癌である。一八年七月、横浜関内での酒が、五十七年にも及ぶ君との、最後の酒となった。

再入院を余儀なくした君は、病室に仕事をもちこみ間断なく襲う痛苦と闘いながら原稿に向かった。一九年五月、君から本の出版を委嘱される。六月、愛嬢乃梨子さん来。死力を尽くして書き上げた用紙の分量はダンボール一函分はある。急ぎ私は、西哲同期の小坂国継に電話、編纂を依頼した。小坂は、西田幾多郎研究の第一人者で日大名誉教授。その報告を桶本は、喜んで受けてくれた。

小坂は膨大な原稿をすべて読了、急ぎ編纂にとりかかり、私は解説の執筆に向かった。七月十八日、桶本が逝き、骨を拾った。君は、俺と君しか知らない数々を胸骨に秘めたまま死んでいってしまった。数日後、葬儀を終えた保土ケ谷の自宅を小坂と訪ね、微笑する遺影の前、和子夫人、乃梨子さんと出版について話し合い、これまで同様、遺稿『直知の真理』は、「深夜叢書社」斎藤慎爾氏に一任することとなる。

横浜駅構内で小坂と酒を酌み交わした。青春の一時期を共に過ごしたにすぎない男たちがなぜに、これほどまでに慕わしいのか。思えば桶本は、胸のうちのすべてを明かし合った唯一無二の「悪友」であった。

詩は喩ではない燦々と懐かしく降り来るものよ仰ぐほかなし

＊

関東大震災後の下谷區坂本に、「不良少年の神様」と畏怖された益戸克巳が「日東拳闘倶楽部」を創設したのはボクシング草創期の一九二八、昭和三年。興行をもって益戸はボクシング界に貢献、あまたの名ボクサーを生み出す。小学校の裏手にジムがあることが、小学生の私らを緊張させた。ボクサーは異界の住人であったのだ。

好きなことをやらずに死んでしまっていいのか。ジムの扉を叩いたのは三十七歳になってからであった。以来、四十年。この間、『荒野の歌　平成ボクサー列伝』（河出書房新社）等三冊のボクシング評論に加え、『上野坂下あさくさ草紙』（彌生書房）なる拳闘小説を刊行。タイトルマッチのセコンドで後楽園ホールのリングに立ちもした。リングサイドに陣取り、ボクシングライターもどきの日々を過ごしてもきた。あと何冊かを書き散らかし、バイクを駆り死ぬまでジムへ通い続けてやろうと思っている。

ボクシングは、この世で最も美しく苛烈な、定型詩型であるのだ。

ジムの鏡に映るこの俺老いらくの　殴ってやろう死ぬのはまだか

＊

それにしてももと思った、青春期の自身の無様さへの共感は措くとして、なぜにかくまでも長く私は、岸上大作にこだわり続けてきたのであろうか。

「早稲田短歌会」に入会し、短歌を作り始めたのは、六〇年安保闘争の敗北感漂う一九六二年のことであった。塚本邦雄『日本人靈歌』に出会い、岸上大作『意志表示』に出会った。だが、六〇年代の激しい政治的季節に私が繰り返し諳誦したのは塚本邦雄の、後に第五歌集『感幻樂』に収録される歌の数々であった。

岸上大作が意味をもってくるのは、一九七〇年を過ぎてからのことであった。退潮してゆく時代の中で彼の歌がリアルな時を刻みはじめたのである。七〇年代に、短歌朗読のステージ活動を開始、樺美智子、岸上大作が実名で登場する「六月の雨」、そして絶筆「ぼくのためのノート」を繰り返しステージで叫び、大学で『意志表示』をテキストに講義を繰り返してもきた。「姫路文学館」竹廣裕子学芸員から「没後60年――歌人岸上大作展」記念講演の依頼を受けたのは、昨年八月。九月になって、突如、岸上論執筆を思い立つ。

敗戦から数えて七十五年、安保闘争から数えて六十年という想いが後押しをした。こうして、命日の十二月五日、没後六〇年を迎えた岸上大作の墓前に、書下ろしとなった評論『「恋と革命」の死　岸上大作』（皓星社）を献じ、記念講演に臨んだのである。

それにしても、若き岸上が出会い、私が出会った、寺山修司も、岡井隆も、吉本隆明も、冨士田元彦も、武川忠一も、岩田正も、小野茂樹も、清原日出夫も、高瀬隆和も、西村尚も、田島邦彦も、藤井常世も、もういない。戦い終わって日が暮れて……。六十年という歳月を改めて思う。講演の最後に私は、自身が岸上にこだわり続けてきた理由を明かした評論の、跋の一節を読み上げた。

「そう、岸上大作よ、君を書くことは、「戦後」という時代を、社会や歴史を視座に、常に民衆の側から苦悩し、学習を怠ることなく戦い成長した、日本の最も誠実な青年の精神史を書くことにほかならない」。

冥福は祈るな　星よ霧の夜の外灯濡れて瞬くよ、友よ

＊

コロナウイルス蔓延の報は熄むことなく、日々に人々の暮しを切迫させている。国民の命よりもオリンピックを優先させる為政者たち……、そんな折、ツイッターを勧めてくれたのは、「月光」の新人、来栖微笑（くるすみしょう）氏。スマホも触ったことのない私が？　勧めに応じ、発信を開始した。毎朝、「一四〇字」の小文を彼女にメールで送信、翌朝反応（閲覧数）を送り返してくれる。「来栖微笑／経由」の投稿が始まったのだ。ならば、短歌をと思いたったのが、この二月。毎朝「短文＋短歌」の投稿を開始。短文が長歌の役割をしてくれる。古代にこの形式は完成されていたのだ。病んだ時代の直中、俺は何を考え、何を見つめているのか。おかげで日々の輪郭（自身の輪郭）がはっきりとしてきた。一年で三六五首……、ジム通い同様、死ぬまで発信し続けよう。

マスクをつけて街を歩きながら、車中の景色に眼を遣りながら、グラスに浮かぶ漣に唇を寄せながら、眠りの中でも、日々夜々に、出会った人々のことを思う。死んでしまった人々のことを思う。

追憶をふかめてゆこう。歩んできた道をためらうことなく、逆戻りしてみよう。感傷を切なくしてゆこう。涙を流しながら歌を書こう。歌におさまらないものは、そう、小説に…、小説を書こう！　幼児期に私が体験した空襲、焼跡の記憶など鮮明にしてゆかなければならない。六月から、芸術新聞社ウェブサイトで小説の連載が始まる。

疫病流行の気配熄まぬ中、私の十年来の悲願であった『長澤延子全詩集』が愈々、皓星社から刊行されることとなった。「私は一本のわかい葦だ／傷つくかかわりに闘いを知ったのだ」

……昭和二十四年六月、十七歳で命を断った彼女の詩文『友よ　私が死んだからとて』は、六〇年代末の政治的嵐の中で戦う学生たちが読み始め十万部を突破した。最後の版が上梓されて以来、四十数年…。刊行の願いを叶えてくれたのは、皓星社社長藤巻修一氏、若き気鋭の現社長晴山生菜氏であった。私は心して解説「母よ　静かな黒い旗で……」一〇〇枚を書き上げた。

さて、歳晩刊行の『「恋と革命」の死　岸上大作』に引続き、皓星社晴山生菜氏の手を煩わせた。装幀は、畏友間村俊一氏が引き受けてくれた。氏との付合いも三十五年を数える。能登高浜、坪野哲久追悼の旅、大阪・名古屋、辰吉丈一郎観戦の旅、根岸・神楽坂、居酒屋浪々の旅の数々が、懐かしく想い出される。それにしても鈴木秀次、松井純、鬼海弘夫、三島悟、相次いだ友の死が痛い。

二〇二一年五月二十三日　　福島泰樹

凄まじく堕ちゆく夕陽日輪の　世界は花の血滴なるか

初出一覧

「短歌」	二〇二〇年一月号
「つばさ」（17号）	二〇二〇年二月号
「月光」（63号）	二〇二〇年三月刊
「月光」（64号）	二〇二〇年七月刊
「短歌」	二〇二〇年十月号
「短歌研究」	二〇二〇年十一月号
「うた新聞」	二〇二一年一月号
「短歌」	二〇二一年一月号
「月光」（67号）	二〇二一年二月刊
「読売新聞」	二〇二一年二月一日号
「歌壇」	二〇二一年四月号
「短歌」	二〇二一年五月号

右発表作品をもって一巻を構成

福島泰樹　歌集一覧

歌集

歌集	刊行年月	出版社
『バリケード・一九六六年二月』	一九六九年十月	新星書房
『エチカ・一九六九年以降』	一九七二年十月	構造社
『晩秋挽歌』	一九七四年十一月	茱萸叢書　草風社
『転調哀傷歌』	一九七六年四月	国文社
『風に献ず』	一九七六年七月	国文社
『退嬰的恋歌に寄せて』	一九七八年三月	沖積舎
『夕暮』	一九八一年九月	砂子屋書房
『中也断唱』	一九八三年十二月	思潮社
『望郷』	一九八四年六月	思潮社
『月光』	一九八四年十一月	雁書館
『妖精伝』	一九八六年七月	砂子屋書房
『続　中也断唱［坊や］』	一九八六年十月	思潮社
『柘榴盃の歌』	一九八八年十一月	思潮社
『蒼天　美空ひばり』	一九八九年十月	デンバー・プランニング
『無頼の墓』	一九八九年十一月	筑摩書房
『さらばわが友』	一九九〇年十二月	思潮社
『愛しき山河よ』	一九九四年三月	山と溪谷社
『黒時雨の歌』	一九九五年二月	洋々社
『賢治幻想』	一九九六年十一月	洋々社
『茫漠山日誌』	一九九九年六月	洋々社
『朔太郎、感傷』	二〇〇〇年六月	河出書房新社
『デカダン村山槐多』	二〇〇二年十一月	鳥影社
『月光忘語録』	二〇〇四年十二月	砂子屋書房

『青天』　二〇〇五年十一月　思潮社
『無聊庵日誌』　二〇〇八年十一月　角川書店
『血と雨の歌』　二〇一一年十二月　思潮社
『焼跡ノ歌』　二〇一三年十一月　砂子屋書房
『空襲ノ歌』　二〇一五年十二月　砂子屋書房
『哀悼』　二〇一六年十月　皓星社
『下谷風煙録』　二〇一七年十月　皓星社
『うたで描くエポック　大正行進曲』　二〇一八年十一月　現代短歌社
『亡友』　二〇一九年十月　角川書店
『天河庭園の夜』　二〇二一年六月　皓星社

全歌集

『遙かなる朋へ』　一九七九年五月　沖積舎
『福島泰樹全歌集』　一九九九年六月　河出書房新社

選歌集

現代歌人文庫『福島泰樹歌集』　一九八〇年六月　国文社
現代歌人文庫『続　福島泰樹歌集』　二〇〇〇年十月　国文社

定本・完本歌集

『バリケード・一九六六年二月』　一九七八年十一月　草風社
『完本　中也断唱』　二〇一〇年二月　思潮社

アンソロジー

『絶叫、福島泰樹總集篇』　一九九一年二月　阿部出版

福島泰樹（ふくしま・やすき）

1943年3月、東京市下谷區に最後の東京市民として生まれる。早稲田大学文学部卒。1969年秋、歌集『バリケード・一九六六年二月』でデビュー、「短歌絶叫コンサート」を創出、朗読ブームの火付け役を果たす。以後、世界の各地で朗読。全国1600ステージをこなす。単行歌集33冊の他、『福島泰樹歌集』（国文社）、『福島泰樹全歌集』（河出書房新社）、『完本　中也断唱』（思潮社）、評論集『追憶の風景』（晶文社）、『日蓮紀行』（大法輪閣）、DVD『福島泰樹短歌絶叫コンサート総集編 遙かなる友へ』（クエスト）、CD『短歌絶叫 遙かなる朋へ』（人間社）など著作多数。毎月10日、東京吉祥寺「曼荼羅」での月例短歌絶叫コンサートも36年目を迎えた。

天河庭園（あまのがわていえん）の夜（よる）

2021年7月7日　初版第1刷発行

著　者　福島泰樹

発行所　株式会社 皓星社
発行者　晴山生菜

組　版　藤巻亮一

〒101-0051　東京都千代田区神田神保町 3-10-601
電話：03-6272-9330　FAX：03-6272-9921
URL http://www.libro-koseisha.co.jp/
E-mail：book-order@libro-koseisha.co.jp
郵便振替　00130-6-24639

印刷・製本　精文堂印刷株式会社

ISBN978-4-7744-0746-3 C0092